凌翔　夏海涛　主编

另一朵花开

李泽慧　著

北京出版集团
北京出版社

图书在版编目（CIP）数据

另一朵花开 / 李泽慧著 ；凌翔，夏海涛主编．—
北京 ：北京出版社，2023.1
ISBN 978-7-200-17843-2

Ⅰ．①另… Ⅱ．①李… ②凌… ③夏… Ⅲ．①诗集—
中国—当代 Ⅳ．① I227

中国国家版本馆 CIP 数据核字（2023）第 027702 号

另一朵花开
LING YI DUO HUA KAI
李泽慧 著
凌翔 夏海涛 主编

出　版 北京出版集团
　　　 北京出版社
地　址 北京北三环中路 6 号
邮　编 100120
网　址 www.bph.com.cn
发　行 北京出版集团
印　刷 三河市中晟雅豪印务有限公司
经　销 新华书店
开　本 710 毫米 ×1000 毫米 1/16
印　张 13
字　数 27 千字
版　次 2023 年 1 月第 1 版
印　次 2023 年 1 月第 1 次印刷
书　号 ISBN 978-7-200-17843-2
定　价 59.80 元

如有印装质量问题，由本社负责调换
质量监督电话 010-58572393

总 序

儿童诗的特质与价值

有不少成年诗人与文学批评家对儿童诗不以为意，认为儿童诗是“小儿科”，这种误解和偏见与许多读者（专业读者与业余读者）认为整个儿童文学都是“小儿科”一样，性质完全相同。但是，这种对于儿童诗以及整个儿童文学的误解和偏见显然是站不住脚的。试想一下，我们只要让这些人去认真地读一读安徒生的童话作品，或者去读一读普希金的童话诗篇《渔夫和金鱼的故事》这类地地道道的儿童文学作品，他们一定会被这些儿童文学作品中深刻动人的思想艺术魅力深深吸引，进而被完全折服。由此可见，对于儿童诗，我们有重新认识的必要。回到中国当代儿童诗领域，柯岩、金波、任溶溶、高洪波、樊发稼、王宜振、徐鲁、金逸铭等知名儿童诗人，均创作出了一批思想艺术品位不俗的儿童诗精品力作，令人不可小觑。

理想层面的儿童诗确实不可小觑，主要体现在它独特的艺术特质方面。简单说来，其一，儿童诗具有单纯的审美品格。在这里，单纯等同于一种纯粹、透明的审美体验，有着复杂、高深的成人诗歌所不具备的动人美感（例如唐代诗人骆宾王的《咏鹅》与孟浩然的《春晓》）。其二，儿童诗具有童真的想象力。这种童真的想象力大胆、神奇，异想天开，最接近艺术的本质，它在思维层面属于原始思维或神话思维，因而其构建的意象画面充满神话色彩或童话意味。其三，儿童诗展示出儿童特有的敏锐直觉。在许多优秀的儿童诗作品中，小诗人们对于世界本相与事物奥秘的敏锐觉悟能力让人称奇，令绝大多数成年人自愧不如。与许多陈词滥调、想象力贫乏的成人诗歌相比，儿童诗这三个方面的艺术特质称得上难能可贵，而这与儿童天真、无邪、可爱、率真、聪敏的天性和人格关系密切。在某种程度上，儿童诗较之于成人诗歌在艺术价值及精神价值上反而会略胜一筹，因为儿童诗的想象力与纯粹性整体程度上要高于成人诗歌。正是在这个意义上，马克思高度赞扬《荷马史诗》展示出“人类童年时代所表现出来的无与伦比的想象力”，而这充分说明，“童心”或“赤子之心”在诗歌创作中所蕴含的巨大的艺术与精神创造力。也正是在这个意义上，英国17世纪诗坛巨匠弥尔顿这样赞颂儿童：“儿童引导成人，像晨光引导白昼”。由此可见，儿童的艺术创造天赋反而常常是优于成人的。

事实上也是如此，许多具有很高文学史地位的中国当代诗人，在其诗歌创作生涯中，都有意或无意地吸取儿童诗的艺术与思想精华，创作出了若干独具特色的儿童诗篇。现以朦胧诗人为例，梁小斌创作出了《雪白的墙》，舒婷创作出了《童话诗人》等地道的儿童诗篇，为他们的诗歌创作带来了新颖的审美情调与别样的艺术价值。

进入21世纪以来，中国儿童诗的创作进入了一个繁荣阶段（与中国当代诗歌创作的繁荣态势保持一种对应关系），出现了老中青几代儿童诗人“同台竞技”的可喜状况。尤其令人欣喜的是，近10年来，一大批儿童诗人（按照人们约定俗成的看法，14 周岁以下的小诗人被视为儿童诗人）茁壮成长，他们运用儿童思维、儿童语言、儿童情趣与儿童想象，创作出了数量众多、质量优异的本色化儿童诗篇，这些诗篇艺术想象力出神入化，语言意象单纯自然，表现技巧圆润纯熟，思想意识深刻卓越，是超越了许多成年儿童诗人的创作水准的。小诗人们在儿童诗创作上的集中爆发与后来居上的可喜态势，预示着未来中国儿童诗良好的创作和发展前景，令人无限期待。

这次，凌翔、夏海涛两位先生主编了一套非常别致的诗丛，集中推出夏圣修的《雪是冬天的勋章》、李泽慧的《另一朵花开》、林蔚然的《林木蔚然》、孙嘉翌的《隐身》、朵朵的《回到地面》、黄豆逗的《天空停车场》、戴子岚的《我和四季有个约会》等多位年轻诗人的诗集。从这些题材丰富的儿童诗集中，我们可以鲜明地感受到这批诗人整体上展示出来的非凡创作天赋和巨大艺术潜力：他们共同拥有出色的、丰富的、童真的想象力，又各具特色。简单而论，夏圣修诗歌中的想象充满奇思妙想，修辞颇为老成，功底扎实；李泽慧诗歌中的想象展现出理性的品质，作者观察冷静，表达精准而节制；林蔚然诗歌中的想象与现实关怀精神有机融合在一起，抒情气息浓郁，风格比较空灵；孙嘉翌诗歌中的想象则充满魔幻色彩，语言表达生动传神，风格幽默而机智，令人印象深刻；朵朵的诗有一种神秘而幽玄的洞见，在幼小的心灵里，过早地体验了成年的痛楚；黄豆逗的诗有神奇的拟物和角色互换，生动烂漫；戴子岚的诗则清纯又多彩，描述了童话般的自然与生活。

在此，衷心期望上述几位年轻诗人在诗歌创作的道路上执着地坚持下去，在保持自己独特艺术优势的同时，还应虚心从优秀的前辈与长辈诗人们那里汲取思想与艺术营养，努力让自己从一位小诗人成长为一位大诗人。

是为序。

谭五昌

2020 年 11 月 20 日凌晨 5 点 18 分写于北京京师园

谭五昌，江西永新人，北京大学文学博士，海内外具有广泛影响力的诗歌评论家，现任北京师范大学中国当代新诗研究中心主任。已出版《20 世纪中国新诗中的死亡想象》、《中国新诗排行榜》、《青年诗歌年鉴》、《“我们”散文诗群研究》、《在北师大课堂讲诗》（五卷本）等学术著作及诗歌类著作 30 余种。近年来，担任徐志摩诗歌奖、闻一多诗歌奖、海子诗歌奖、昌耀诗歌奖等国内重要诗歌奖项的评委与负责人。

目 录

2015 年度诗选

太阳花 002

夜的头发 003

风 004

2016 年度诗选

鱼 006

白 云 007

猪 008

2017 年度诗选

我的梦想 010

一 些 011

布 料 013

新衣服 014

橡皮擦 015

秋 千 016

陌生人 017

屋 顶 018

果　子　019
钱　包　020
致荒草　021
困　境　022
蝴蝶在飞　023
记录和平　024
蜂　鸟　025
水　珠　026
当我抓紧羽毛　027
我的画　028

2018 年度诗选

怀　念　030
荣　耀　032
花·鸟　033
飞翔的童年　034
蓝月亮　036
树　丛　037
这世界　038
开学的日子　039
植物的轻叹　041
漫步时空　043
春　校　044
抬头看书　045
怒　斥　046
心灵之风　047

夜的目光　049
霓虹梦　050
河之呼唤　051
木与火　052
星星与孔雀　053
雏　菊　054
年轻的地球　056
夏　阳　058
海洋之心　059
风的告白　060
含羞草的舞姿　061
摘一束水花　062
一年中　063
愿世界和平　064
谜　065
和平的信件　066
星空瞭望塔　067
远走高飞　069
梦回听雨廊　070
为自由歌颂　071
月下洞庭　072

2019 年度诗选

游玩有感　074
时空的礼物　075
观　海　076
鸟　树　077

元宵精灵　078
思　乡　079
星夜物语　080
镜留翠岭　081
说　时　082
母　爱　083
唤醒夜　084
飞跃千年　085
木屋里　086
小　雪　087
自　述　088
另一条街　089
草　叶　090
幽　径　091

风　向　092
思　093
家　乡　094
午　后　095
拈　花　096
烛　光　097
撕日历　098
从　心　099
成　长　100

2020年度诗选

孤　景　102
一棵树　103
滴水之间　104
取　愿　105
雪　106
残　叶　107
在晨风里　108
草未语　109
另一朵花开　110
黑夜里，那盏灯　111
云层之上　112
心　愿　113
临窗遥望　114
月　夜　115
天的通行证　116
不见云　117
静　118
孤　单　119
朦　胧　120
聆　山　121
扭　头　122
朋　友　123
我不想拂去　124
真正拥抱　125
雪疏南方　126

天　边　127
是非不在人　128
雨停云散　129
游　园　130
别了，三月　131
微　微　132
我们，游移在雨中　133
转身改变的叶　134
抚摸着那歌儿　135
不能拒绝　136
永远的春日　137
微　旅　138
没有网络的地方　139
游　湖　140

明　月　141
瓶中色彩　142
风扇的思维　143
叹　息　144
倚在椅上　145
时间本身　146
面向星光　147
把你装进阳光　148
风雨欲来　149
有　言　150
距离与秘密　151
偶　遇　152

时间之流　153
捎带一片清风　154
久　远　155
一点点　156
结　伴　157
雨，离开了这座城　158
那个选择　159
入　夜　160
这一夜　161
迷　路　162
无　理　163
数一场天亮　164
紧　闭　165
忽　然　166
静　谧　167
飒　飒　168

2021 年度诗选

呼　唤　170
破　土　171
去年的湖　172
伸　手　173
不做梦的人　174
睁　眼　175
青春是什么　176
遥　望　177
瓶　子　178

沦　179
渴　盼　181
于暗而言　182
道　路　183
遗失的那支笔　184
楼　185
末　了　186
请不要选择　187
新开始　188
又见到了呢　189
何以散忧　190
某时，她醒了　192

2015年度诗选

太阳花

我种下一颗种子
九十天以后开了花
它的花萼
像平常吃的薄饼
那么香那么脆
它的花瓣一片又一片
像麦当劳的小面包一样
那么软那么柔
花的芬芳随风散开
吹过海边吹过树林
吹到我的身边
吹到我朋友的身边
它会把一切
都送给大地森林蓝天海洋
把我的好消息
传递给世界

2015–3–7

夜的头发

夜晚
星星是它的头发
月亮是它的梳子
无边无际的宇宙
还有它的头发

它的头发
是由暗淡的月光编织而成的
它的头发
是凝聚着人们希望而成的

它的头发轻轻飘过
风吹拂过，把它的头发拂过
吹过一遍又一遍
吹到亮如白天

2015-9-12

风

像个开心的小娃娃
它叫醒了大树
叫醒了小鸟
叫醒了河流
它吹过
叫醒了每一个人

2015-10-3

2016年度诗选

鱼

清清的水里
有一条条小鱼
有时会有人来捞一捞
卖到市场
这可是它们梦寐以求
百年不遇的机遇
但谁也不去争取

有一条普普通通的小鱼
在阳光下游来游去
摆动矫健的身姿
鳞片闪闪发光
楚楚动人
终于有一天
有人中意了它
把它带到了百年机遇那里

2016–11–23

白 云

有的像奔跑的猎犬
有的像一群绵羊
还有的像一把猎枪
一把崭新的猎枪
悄悄扣动扳机
一枚白色的子弹
去追赶绵羊
那些绵羊
去追赶猎犬
而猎犬
则向天边狂奔

2016–12–9

猪

很憨厚
易上当
这就是你的本性

猪啊
你究竟有怎样的命运
活下来
死过去
命运
能否由你自己决定?

2016–12–16

2017 年度诗选

我的梦想

我想飞，向远方
可一只大手
拉扯着我的梦想

我想跑，向草原
可一条绳子
束缚了我的一切

如若甩开大手
挣脱绳子
我便能展开梦想的翅膀
飞到想去的地方

2017-3-8

一　些

1

我讨厌一些人
一些自作主张的人
一些傲慢自满的人
也许，鸽子都会为这些
可笑无知的人流泪吧

我喜欢一些事
一些汲取知识的事
一些快乐无边的事
可能，孔雀都会为这些
美好有用的事微笑吧

2

大雪纷飞
一些人闷在家里
无所事事

一些人仍旧执着地做——
白日梦

3

一些时间
从一到十二
从未变过
大概它只想为懂它的
要它的一些人
工作吧

4

一些、一些、一些
一些东西无处不在
甚至我写的一些话
好像——
也没什么用

2017-3-17

布 料

一张布
就那样被织出来了
饱含无尽的痛苦
辛酸

无情的剪刀
将你“分尸”
活泼的针线
又让你“弥合”

睁着眼
望着天
许愿

2017-3-18

新衣服

缓缓睁开眼
似乎不相信
这，这还是我吗
独一无二

多么灿烂的灯光
多少泪水和尖叫
披着蓝天织成的风衣
咧嘴笑笑

多少年的经历
那一刻
仿佛不复存在

2017–3–18

橡皮擦

铅笔留下的印记
就这样
不见踪影

得意扬扬
认为自己厉害

但最后
你不是和铅笔
一起消失了吗

2017-4-24

秋　千

你可以
无止境地荡
也可以
稍微休息一会儿

荡也好
休息也罢
以及陪着燕子飞舞
嗅嗅花香
使命却只有一个
工作

2017-5-7

陌生人

我望着别人
他（她）是陌生人
别人望着我
我也是陌生人

2017-6-17

屋 顶

望着雨天的屋顶
听水滴
敲着锣打着鼓
在红瓦片上蹦跳

我曾想
站在屋顶上
是不是就能抓住白云
和它一起飘呢

屋顶啊
一部相机
记下了我的童真

2017–6–30

果　子

圆的
尖的
就静静地立在
树上
篮子里
难道真的没有
思想

2017-7-24

钱 包

啊

无比贪婪

兴冲冲地将自己填满

当钱被取走

却无能为力

2017–7–24

致荒草

从前
你也被唾弃过
也被残害过
可因为抱着思乡的心
才未沦落

你可知道
那些被丢弃的土地
是多么需要你
回来吧
回来了你才会明白

从此
你拥有了一个新名字
生机勃勃

2017-7-30

困境

进退两难
小白鼠般挣扎
最后的挣扎

压得喘不过气儿
像溺水的人大声叫喊
却无人施救

只有咬牙坚持
终有一日会见光明

2017-9-16

蝴蝶在飞

一对翅膀
竟组成了小精灵
只是漫不经心地
往高处飞了点
我便感觉
大风迎面而来

2017-11-19

记录和平

阳光
笑声
在全球穿过
在各国停留

黑暗
知趣退下之时
是和平
崭露头角之日

这纸上
只有这么多记录
似微不足道
似无人理会
却也是一片光明
给予人快乐

2017-12-9

蜂鸟

小巧玲珑
如珍贵的钻石
在空中寻找归宿

在鲜花面前含笑
红了脸

轻得呀
可以在云朵上
玩耍
睡觉

2017-12-9

水　珠

映出了美丽
映出了真实
映出了蚂蚁的舞蹈
映出了大象的野餐

那么的微小
却顽强地想长出翅膀
飞到空中花园
为花儿们来一次凉爽的
举世无双的
晨浴

2017–12–9

当我抓紧羽毛

一片白羽
跨越时空
穿透宇宙
无声无息地飘荡

我挥挥手
卷起一阵风
攥紧一片羽毛
那曾经的谎言被它洗干净

我成了一缕青烟
如同羽毛那样纯洁
飞啊飞
繁星满天那夜
我在羽毛的庇护下
盖着无限轻盈的云朵
沉沉睡去

2017-12-9

我的画

1

夜深了
我提起毛笔
小心地让它工作

2

一张张宣纸
毛笔留下了彩色的脚印

3

似在梦中
我被彩色包围
我的画在天空
在地上
在水里
这世界
我画得不好吗？

2017-12-23

2018年度诗选

怀　念

1

空旷的草原
在无济于事地低吼
小麦沉寂下来
柳絮化为小精灵
不停地飘着

它伸出手
一拉
就把人拉回童年的时光

2

如灵魂
不留一点声息
悄悄地逼近蝴蝶

3

在月亮的故事中
做着游戏
拍一拍手
一丝怀念
哼一哼歌
一丝怀念

2018-1-17

荣 耀

在白云的轻抚下
如清水般透亮
它轻轻地迈着小碎步
来到了凡间
凝望着远方

飞雁滑过
它也滑到有才人身边
尽管有更多怀才不遇的人
等着它

它轻叹一口气
微垂眼帘
似乎不愿再干老工作
它轻轻吟唱道：
“荣耀，不过一场梦——”

2018–1–20

花·鸟

花与鸟在谈话
谈太阳
月亮
人

鸟会飞
花会美
当它们融在一起
就是一个会飞的
美好愿望

2018-1-23

飞翔的童年

1

仿佛在眼前
在眼前不停地摇动
摇出一片星光
摇出一丝忧伤

2

远远地就望见了
那失去的童年

它长出一对翅膀
一步一回头地飞远
它
又离开了

3

可以重来吗

若不能

我想和即将从掌心

流走的童年

一起飞翔

飞翔……

2018-1-24

蓝月亮

躲在云层后面
不肯见人
像个小姑娘

云层散了
你却扯下一片星空
当作面纱

太阳升起
你羞红了脸
一溜烟地跑了

临走前
你还没忘捂紧面纱
大概是想在某个晚上
给人们一个惊喜吧

2018-2-6

树 丛

月光下
绿衣女子随风起舞
雾的面纱
让人看不清她的真容
只知道
她闭月羞花

雄鸡
吹响破晓的号角
那女子便不再舞蹈
她要用整个白天来思考
我怎么跳今夜的舞
才好呢

2018-2-10

这世界

太阳梳洗完毕
天就亮了
人们总是忙着做一些准备工作
第二天依旧如此

月亮轻轻吟唱
天就暗了
然后
星星们开始旅行
它们把做好的梦
抛到每个人脑海
每个人便步入梦的殿堂

时间过得真快
看看
才做了五件事
一天就结束了

2018–2–10

开学的日子

1

一眨眼
到了开学的日子
一样的同学
不一样的班级
在大榕树下
度过了课余时光

2

我总是很骄傲
骄傲在那开学的日子
看
我又大了一点儿
以身高说明
以道理说明
这一年
又快过完了

3

怀着一丝奇异的心情

猜测着班主任换没换

可能只有我

才会在这开学的日子

思考这学期的期末成绩

4

熟悉一段时间

又像往年一样

开始认真学习

压力大了

作业多了

以往的朋友

也不复存在了

5

时间不停止

生活不停止

又到了开学的日子

那些同学的名字

是否还敢

呼唤

2018-2-14

植物的轻叹

1

人受了伤很疼
一株植物的叶子被摘
它又何尝不疼
无奈苦不能说
只得抹着
透明得看不见的眼泪

2

植物白天制造氧气
为人类付出太多
但有些人不经意地折枝
便会毁掉一株植物
植物们哈哈大笑
我们竟然
如此一文不值

3

植物的轻叹

以及大笑的声音

使我的心滴血

其实那无形的植物语

早和人心相通

只是有一些人

发现不了罢了

2018-2-17

漫步时空

走在虚无的空间里
看乌黑的天
是如何被撕破
碎片落在我脑中
让我拾起了童年的记忆

时空穿梭
回到我是一年级的小学生时
回到我的周岁礼
回到我牙牙学语
回到我以前的生活

时空之门就要关上
长大后我是否
还能想起天真的昨天

2018–2–19

春 校

春天的校园
洋溢着欢笑
欢笑是绿的
如《忆江南》般
把校园染绿
真是绿如蓝

这绿色
盖住我的眼睛
我和同学也化为那绿色
无忧无虑

从春天里走出来
看见的校园
是一棵大树呢

2018–2–28

抬头看书

谁说看书必得低头
抬头看世界
世界就是一本书

会抬头看书的人
就会低头写书
世界缤纷
世事难料
它又何尝不是一本
引人入胜的书

2018–3–1

怒 斥

天黑了
爸爸怒斥我
因我一惊一乍

怒斥
把黑夜里唯一的灯
吹灭

2018-3-2

心灵之风

不要说心灵是美的
也别说心灵是丑的

一个人从未嫌弃过自己的心
审视胸口的瞬间
风在吟唱
唱着不知名的调儿
把心底的话藏于汪洋之下
心灵远不及以前洁白
心灵之风
带来了各种念想
使人不知如何是好

风就不管
不管人如何想
我行我素
飘荡在心底

封印在心底

就那样

随落叶浪迹天涯

2018-3-24

夜的目光

1

就没离开过我

使我身上痒痒的

有时

还会给我一顿狠狠的教训

2

我好像是几亿颗星中

闪着微弱的光的小星

夜会在我努力时

悄悄为我做好后勤工作

3

那是温柔的

使我安心

我离不开夜的慈祥目光

夜也离不开调皮的我

2018-4-5

霓虹梦

珠江水纹一圈圈地
涌入我的梦
把梦中的小船
覆盖住

霓虹灯踱着步
纵身一跃
跳进我的梦里
我的眼前铺满了红色
开满了大红牡丹

小小的霓虹灯
改变了广阔的梦境
小小的愿望
改变了漫长的时光

2018-4-5

河之呼唤

蒹葭在河岸摇动
轻舟在河心滑过
留下淡淡的水纹

一片片落叶探索新世界
让孤单的河天天悲鸣

回来呀！生机
回来呀！绿意
河的呼唤越发冷了
它凝固了麻木了
呼唤成了河床上的坚冰

2018-4-21

木与火

1

火光微弱

火焰拼命睁眼

为了寻找树木

2

树木结冰

树木无助监视

防止火焰侵袭

3

冬天过去

树木不见踪影

当年的树已成书籍

收藏于火炉顶

2018-5-12

星星与孔雀

今夜
风大
星星似要扯开天幕

今夜
风大
孔雀缓缓踱着步

星星太累了
一颗颗
不偏不倚
落在孔雀尾上

此刻
孔雀若开屏
佳人也失色

2018-5-26

雏　菊

1

遥远得模糊
只知道蓝天、白云
玫瑰、蔷薇
只是为了给它当陪衬
当舞伴
甚至连爱美的姑娘也失色

我不敢直视那代表贞洁、善良
神一般的光彩

2

白，白得刺目
比天山上的雪更白
无法不让人敬佩
小小的种子也能长成
纯洁的花儿

3

并非世界上最美的花

但此菊开尽更无花

4

她不可

以凡夫之见而述之

她只能随着那悠悠的白云

与黄鹤一起

一去不复返

5

人们仿佛忘了她

但她还在默默成长

她在等

在等

懂她花语的人……

6

我家阳台

就种着她

2018-6-1

年轻的地球

都说地球年纪大
怎么可能

如果地球年纪大
应该无所事事
可她养育着大自然
并使大自然更美丽

如果地球年纪大
应该稍稍休息
可她一直围着太阳跑步
身体很健康

如果地球年纪大
眼睛应暗淡无光
可地球上大部分是汪洋
瞧呀

她的眼睛似一湖水
那么明亮
这种眼睛
小姑娘才会有

地球年纪一点都不大
我们应该
给她个“最年轻母亲”奖
不然
就浪费地球妈妈
对我们的养育之恩了

2018-6-9

夏 阳

本来就热
太阳却还是露出了脸
我的校服以及我
都湿透了
只有太阳在天上悠闲

我想
后羿呀
你应该拿弓箭朝它示威
它就害怕了
不敢再欺负我的学校了

2018–7–7

海洋之心

是何颜色
红黄蓝绿……
它不同于人类的心
它没有一点儿的私念
它也不像动物的心
它是一个有思想的独立体

它不同于万物
它是唯一一个没有被侵蚀
纯纯的软软的
一颗真心

2018-7-9

风的告白

可以说
我来无影去无踪
对每个人来说
我是不速之客

我是神秘的
虚幻的
诗人们总说：
“我抓住了风”
这是假的
我不可能被控制

可是
我连一个朋友都没有
我希望
能有人为我付出真心

2018-7-10

含羞草的舞姿

我不跳舞
因为我很丑
看——
芍药、牡丹、玫瑰
似仙女从九重天上
腾云而来
而我一无是处

在风中
我只会闭拢叶子
而仙女们则翩翩起舞

有一日
我突然发觉
自己的舞姿别有风韵

2018-7-10

摘一束水花

美丽耀眼如仙女
周身飘浮纯白轻纱
回眸一笑
叫人心乱

这如此惊艳的水花
我轻轻地摘了一束
一大束
送给缺水地区的人们

这一束水花
只出现在梦境
纯洁的梦境

2018-7-30

一年中

一切都不是实话
表象总按自己的思维变化

星辰、大海、山谷
三百六十五天井然有序

人的印记烙在碑上
一天百烙，碑也终破碎

一年中的过往
但愿只是一场梦

2018-9-15

愿世界和平

和平与战争只隔一条线
越过线
无论你是谁
都要依“规则”处罚

硝烟弥漫的战场
希望蒙上尘土
水龙头里
流出一只雪白、纯洁的和平鸽
灯光映照
映出和平时的阳光

愿世界和平
保护和平
请各国让具有希望的和平之花
顺利开放

2018-10-13

谜

人生是场塔罗牌局
命运总是出一些谜
曾经过往
不知回答过多少谜底
可命运总是摆摆手
终有一天
一个熟悉又陌生的人
来到面前——死神
他悄悄地告知了你谜底
你欣喜若狂
而命运
却已无声无息地夺走时光
它的理由是
说出了谜底
谜不会变
它仍然是个谜

2018-11-4

和平的信件

白鸽口衔一封信
施施然
轻飘飘
一封金光万丈的信
上面的邮票是地球
发件人叫和平
收件人叫战争
信里只有四个字——
希望、未来
战争拆开信
羞得满面通红
给自己起了个新名字
友好
战争改头换面后说
愿世无战争
愿世永和平

2018-11-9

星空瞭望塔

背着袋子
脚踏薄雾
发丝缭绕于耳间

你抬手
把一片云轻轻摘取
又蒙住双眼
从此
有了黑夜

纵使双眼看不见
玉手却灵活翻飞
造出一片星空

你太累了
累得无力行走
便屹立着

用感觉接受自然之讯息

你变了

青春不再

你化为一座塔

就坐落在星河边

2018-11-23

远走高飞

飞出雄鹰的是峡谷
长出娇花的是山川

被折断翅膀的人
抱怨无法飞翔
他们不知
有些人正拖着翅膀前行

磨砺只是小石子
不在意，便踩踏而过
在意，便会无比庞大

远走高飞？
被折断翅膀的孩子

2018-11-30

梦回听雨廊

午夜
我看见了一条
寂静透着沉闷的长廊
我连连后退

滴答
亦真亦幻的雨滴
滴在了廊檐
滴在了我的心头

刹那
仿佛廊中流转着沧海桑田
凝固的
又有了生命

淡蓝色
围绕着听雨廊

2018-12-7

为自由歌颂

在沉沉的黑暗中
闪亮的
是即将破壳而出的翅膀

在坚固的牢笼里
不屈的
是一颗炽热跳动的心脏

飞翔的鸟儿
不只存在于梦想
苍天下
迎接新的蓝天
歌颂——
穿梭于时光的旅行者

2018-12-14

月下洞庭

清澈而静
离尘
让人想抹去她的忧伤

她好似一位闺阁少女
水灵灵的眼里透过夜空
折射出月的光芒
倒映出岳阳楼的身影

啊
这冷艳的洞庭
在夜里却柔软温暖
啊
这高贵的洞庭
在夜里却像个孩童
活泼
无虑

2018-12-29

2019年度诗选

游玩有感

云
淡淡的
隐在雾中

枫叶
羞红了天空的脸
绿水
映出了游人的心

一座亭
不再注视一切
它收回目光
叹了口气
便合上眼

2019-1-15

时空的礼物

回首
取下相框
是谁
在过去微笑

衣襟飘动
活在幻想的人
终会和回忆碰撞

纵然万般请求
时空也绝不会
把岁月收走

2019-1-15

观 海

细小的浪花
拍打着岸边碎石
碎石
更碎了

不清澈
也不惊心动魄
只是一阵阵翻滚的浪花
在拍打碎石

夏天悄然来临
这海啊
就变得波澜壮阔
声名远播

2019-1-25

鸟 树

冬日的树
抖搂盛装
结出了一只只小鸟
小鸟们
压得树咯咯直笑

2019-2-12

元宵精灵

碗里晶莹的汤圆
映照月的光芒
它是碗中的月亮
照亮每个人的心房
它是元宵的精灵
穿梭在
一个个充满爱的
大街小巷

2019-2-18

思　乡

在一片叶子里
载了一汪泉
只要它游得够远
就能看见一个人
在思乡
就像植被盼着雨水

只要叶子继续游
它就能看见
矗立在浓雾中的屋子
在眺望

只要叶子肯回来
它一定能
带回家的讯息

2019-3-1

星夜物语

她伸手
拭去一朵乌云
遮住了她自己
裙摆下藏了多少颗星星
才能将她全身都笼罩光晕

她一抚脸颊
浅浅一笑
那笑容
竟比星星的光
还要璀璨

2019-3-3

镜留翠岭

窗外雪融
春准时赴约
镜啊
怎么偏偏就往外望去
望见了苍松翠岭
碧绿的视野
美丽的镜
为这更美而痴
甘愿
停在这刻
留住这碧绿

2019-3-8

说 时

今天的我与昨天的雨果
一起仰望明天的星
那星不在天上
只是存在于时间的脚印里

2019-3-16

母 爱

夜的光洒满了田野
母亲的目光
温暖了我
她一笑
我便成了融化的冰块
她给我夹一口菜
我碗里的母爱
多得溢了出来
填满了
整个家庭

2019-4-14

唤醒夜

墨
洒了云朵一身
云朵一生气
效仿古堡里的睡美人
沉沉入睡
夜被传染了
没人为它叫医生
它只能囚禁在破碎中
待雄鸡破晓时
这场愚不可及的游戏
才能算真正结束
唤醒夜的
是它自己的觉悟

2019–4–20

飞跃千年

一生坎坷
却能在黑暗中点亮花朵
燃烧的初心
不知能持续多久
人总会分合
从一所小学走出
最后各有所属
纵然心中万般感慨
也是一抹清泪
滑落入腹
我飞跃了千年
瞥见了
那永远明亮的烟火

2019-7-10

木屋里

火光在黑暗中冰冷
摇椅上的毛毯怀抱一半温暖
雪花纷纷溜进壁炉里
它们太冷了
却在余温下渐渐化开
是谁
将火焰捡回来
屋内的明亮仿佛从未消失过
衬着屋子里飞扬的雪花
屋外只有狂风
屋内只有寂静
雪花，终究是看不见了

2019-8-7

小　雪

白菜望了一眼地面
就闭上眼
刺骨的冰冷拂过
夹杂着雪的歌声
雪花描绘土地的模样
手
捧不到一丝洁白
因为我们有心
无意

2019-8-14

自 述

活泼的孑然一身
无人欣赏的另一面
渐渐覆上灰尘
喷点雾吧
抹去那不该的混浊

在夜晚
不愿点灯
黑如潮水般
让我难以呼吸
一束火光亮起
燃烧了我的心

我不喜欢黑暗
但我仍旧执着地喜欢
在黑暗中
点上一盏灯

2019-8-22

另一条街

安静着
被雨点封印的声音
它注意不到头上的阴沉
它只闷闷
水花擦亮它的眼眸
却不知
碎裂了它的脚印
安静着
泥沙磨蹭着
转入另一条街

黑暗与孤独
只好用银针
将灯光缝进去
永远
锁住

2019-8-22

草 叶

仲夏抖动着长而浓密的睫毛
露珠便有了归宿
那不过是万绿中的一片
仍旧焕发生命的色彩
少了它
大概土地是感觉不到的
露珠却知道
它少了一个温暖的家

2019-8-23

幽　径

落叶
这位称职的裁缝
在一场秋雨过后
设计了一条华美的长裙
一双双鞋踏过
喧闹吞噬着沉寂
又一场秋雨
几声鸟鸣
一把伞一双雨鞋
徘徊在小径的尽头
“沙沙”
她还在那儿
不过没了声息

2019-8-23

风　向

东南西北四个风向
把欲倒的精神
扶起
在飘零的碎片之中
忘记了要去哪里
干脆就种在地里

来年
长出许多美梦
被天使采摘
戴在头上

闭上眼
那扶起的精神
请再次倒下
做一床被褥吧

2019–9–8

思

看着秒表的变革
只听见嘀嗒声
不知转身后的路
为这一刻
支离破碎

什么时候
分崩离析的现实被拼凑
不得不接受
思
沉沉的思
所支付的
分秒

2019-10-11

家 乡

几分薄雾
迷蒙着一个脚印
即便凛冽的冬
也能印出诗意的倒影

一把米
焖出的清香不再拘束
它肆意地在我脑海中
横冲直撞

晕晕的我
似乎看见了一条蜿蜒的银河
若隐若现
不知通往何方
为何
那般亲切

2019–10–26

午　后

花茶清香渐渐被淡忘
几声燥热的鸟鸣
逗引着冬风
没有温度的阳光
依然给予植株生命力
睡着的
不过是一方梦
唯茶杯旁静止的落叶
还盛放着流动的时光

2019-11-29

拈　花

其实吧
一双迷路的鞋
是永远回不了家门的
因为它能看见
十二月的霜花

迷醉了
傍着斜阳赤色的素手
轻轻地染红了
枝头的玉兰

2019-11-29

烛 光

轻柔地
温暖着自己的心
我呆呆地凝望着它
触摸到了它的躯干
凉凉的
却能感受到那热忱的心
跃动
永远不会止息
它永远用微弱的光
照着世界
照得很亮很亮

2019-12-2

撕日历

父亲毫不留情
整齐撕下一页纸
那纸
现在已没什么用

我望着那一大本
越来越薄的日历
发现
原来父亲撕日历的时候
从未对已逝的时光
有一丝留恋

2019-12-3

从 心

人尚未读懂自己
连同那颗炽热的心

春风在大地上赤脚奔跑
心在深深附和
它也想坐在春风上
嗅嗅大地的味道

可是心没有脚
因为它是彻底属于人的
但它有灵魂
我们就应该尊重这份愿望

2019–12–4

成 长

我的全部都在成长
摸不着的灵魂
也在长

明年
年迈的时间老人
会种出好多时间小孩
我就负责和我的时间
一起奔跑在成长的路上

直到
轮到我们种时间

2019-12-5

2020 年度诗选

孤　景

山静
水静
唯那细瀑拍打深潭
人于此间
是一方野草
在弯腰
为自然谦卑

2020–1–10

一棵树

栽进风流尘土
掩埋往事匆匆
在落叶间隙
瞥见一缕残余阳光

北风
尚未绕过树
却被一抹秋色拦下
坐在树根上

2020-1-11

滴水之间

一杯水
在圆圈扩散之中消失
一滴水
剪下山色一角
又在片刻之间
打碎那耀眼的翠影

地上的水珠摇摇晃晃
复归于一缕气

2020-1-16

取愿

长长一排晶莹中
又有哪颗珠子
为某人伫立

大雨安睡在泥土里
凉透了
一颗珠子滚落
沾染一身尘世味
却没人会叹息

一片落叶载着雨露
比阳光更快地
掩上珠子

2020-1-17

雪

宁愿被抖落
抛散出伞形
也绝不想
同污水流向未知

万家灯火
于夜间闪烁
欢宴中
不会有雪的祝福

雪在下呢
像是永不停歇

2020–1–17

残　叶

半树稀落
寂寞得像干枯的河床

鸟儿都离开了
一地叶子却坚贞地陪伴着
那个苍老的背影

来年
又是一派春意盎然
鸟儿都会回来的

2020–1–17

在晨风里

影子
凹凸不平地印在竹椅上
一片叶子走过
气都不叹一声
阳光似是想看清那粒石子
挪动了一下身躯
风来了
它又走了
影子摇晃着从石子旁掠过
阳光如愿以偿
便被卷云包裹

影子
站在阳光身后

2020-1-29

草未语

想象两个仇人和好如初
就像小草能长成一棵参天大树

不过
放下怨意
永不相见未尝不可
小草心中
也会有波澜壮阔

抱着希望
负梦不语
才是一种修行

2020-1-31

另一朵花开

春日
翠绿的花枝上绽放的不是花
是自然的惩罚
是那头戴黑冠的病毒

黑云压城时
我始终没有放弃期待
在希望中
在坚持中
在必胜的信念中
浇灌出另一朵花

花开之时
春天才会真正露出微笑

2020-2-4

黑夜里，那盏灯

武汉的天黑了
沉沉的
令人心悸
人们颤抖着
希望光明早点儿到来

光明真的来了
是那群白衣天使带来的
他们用决心和汗水铸就了一盏明灯
将祖国照亮
将人们心底照亮

2020–2–6

云层之上

乌黑且厚重的云层
铺在祖国那蔚蓝的天空上
大地看着这片云
不言不语
仿佛在等待什么

一阵属于春天
又不属于春天的雨
在云层中打了个小洞
一抹阳光洒下
穿透层层冰冷
抹杀那恶的化身

而后那片土地被人望着
被光护着
渐渐苏醒
春回大地

2020–2–7

心 愿

我有很多心愿
在新冠感染疫情暴发的刹那
凝聚成一个大大的明亮的
永不言败的希望

它能洗去所有的痛苦
让冰冷的雨点跃动起来
让枯萎的花舒枝展叶
让宽阔大道泛起欢声笑语

以及将一面墙
刷得雪亮

2020-2-8

临窗遥望

我想
我终究是懂得了它

那棵树
从来不屑于理会鸟儿
它在等一场风波的平息
它遥望着祖国中心
希望人类能从它身下经过

我临窗看它
一层玻璃
差之千里
我如何能触摸它
滚烫的心

2020-2-9

月 夜

黑黝黝的山洞中
栖息着一片墨色

在月临刹那，墨色涌动
铺天盖地争先恐后

我为它们叹息
为那些捕食者感到难过

我不知道该原谅谁
在月亮下，仿佛谁都有道理

不过，大家都了然
错不在天地，但兴许在你我

2020–2–10

天的通行证

我没有一片云
就没有了一片天空
幽林
同它们一样
都在我的手心之外

但我有一颗星星
也许是一朵花
又或者是一缕风
不重要
只因为它与我同在

那——
就看看天空吧
看看它的背影
抱紧我的朋友

2020-2-23

不见云

郁翠
且云依身畔
远看那山
仿若碧绿的水墨泼洒
莹白的笔触点缀

但当我身处碧墨之时
随手一抓
只能握住阳光
和台阶落叶小径
却怎么也寻不到
团团虚无的白

2020-3-1

静

叶动了
掩了泥土
又被太阳的影子掩上
脚步陷进泥土里

花像困了似的
风也不能打动她
脚步擦过花瓣沿

鸟儿扑扇着大眼睛
哑着嘴
无目的地蹦
脚步踏入鸟鸣间

脚步
是这里唯一的声音

2020-3-1

孤 单

窗帘
拉上了一屋子的云彩
这里
除了云彩
只有我

阳光从缝隙中挤进来
送给我一地的烂漫

2020-3-2

朦　胧

那扇明亮
清楚地挡住了暗夜
一个人无法揭开
眼睛上的盖子

窗帘
端详楼下的石子路
和一棵绿的
夹缝小草

2020-3-10

聆　山

陡坡
青蛙
喧哗喧哗

土地公平地对待草和人
也免不了聒噪的环绕

我在蛙声中攀登
却无一丝声音泄露

2020-3-10

扭　头

风不再来了
朴实的背影
也渐渐披上凉意

呼出一口热气
一扭头
时间柔软地覆在脸上
发丝顺从地俯下身

影子顿了顿
又鲜活起来

2020-3-10

朋 友

见面之时
回忆能从你我肩头擦过
惊喜在手掌中交错

我盼望
夕阳西下
第二日的晨光里
我们又能迎着清风
相见在街心

2020–3–11

我不想拂去

似乎没有什么改变
在沧海桑田中
那片影子
不还是完好无损的吗
令人伤感的
不就是那完好吗

即便如此
又有谁会愿意
在擦肩而过时
把它丢弃在夜的尽头呢
它永远会披着歌声
坐在每个人的肩头
微笑

2020-3-17

真正拥抱

一个拥抱
是流淌在星辰中的陨落
是被地平线吞下的残阳

我既不能离开
也不能躺在梦里
我有什么办法?
那透明的滚烫
泼在青青草地上

2020-3-21

雪疏南方

天空微微阖眸
令人迷醉

雨滴被遗忘在土地上
某种力量
促使小草走向青春

没有雪呀
一切生机勃勃的代价
就是送给北方的
隔绝鸟兽的
一副窗帘

2020-3-22

天　边

脱色的天空
渐渐老去
白云
在傍晚卷起一轮圆月
镶上了金色的光圈
月亮
同夜握手之前
已充好了电

2020-3-25

是非不在人

眼睛
辨明了道路
却无法透过扉页看内容
就像太阳
它也无法吹走一页乐章

说不通的
也许你我
只是一只扉页间的蜗牛
在寻找嫩绿

2020–3–25

雨停云散

云围着一团空气
说着话
并融在一起
阳光像和面那样和好云
就归隐
把时间交给雨点儿

云忽地四散离去
向天涯海角
阳光见状
只好追赶着它们
一点一点拾起
又重新和着云团

2020-3-26

游　园

草木
在古亭前答非所问
迟到的白云
忘记了蓝天
和我

除了池塘
再也没有地方
能围绕着
一个迷路的孩子

2020-3-31

别了，三月

一瞬间的事呢
这就到了尽头

鸟群来回寻找着某种答案
草被蓝天和泥土拉扯着
往上蹿得飞快
一盘盘菜端上又撤下
反复却不枯燥

草飘在它的梦里
而那群漫飞的鸟儿
团在了一起
碗早已洗好
明天还会用到

这就到了尽头
一瞬间的事呢

2020-3-31

微微

一仰头
一丝苦涩钉在舌尖
点点酸漫游着
却无人可知
匆忙离开这条巷子
只为不让自己醒悟
雨凉凉地静默在窗口边
一盆欲凋的蕾
仿佛等着谁
雨点砸在了心头
片片白云幻化出柳絮
覆在身后
如翼展开
同样
路人仍旧漠然离开

2020-4-2

我们，游移在雨中

泥土露出许多黑黝黝的深孔
雨点使劲踩着草坪
黑黝黝的洞口
不易觉察地塌陷了一点儿

伞下面
究竟是睁着眼也不知天明的人
还是紧闭双眼
用心品尝自然的灵魂

未来
即雨过云渐离
而夜色
将深沉着醒来

2020-4-11

转身改变的叶

只不过普通的动作啊
叶子
你为何会颤抖地旋起
朴实得像墨而无杂质

你的脉络
已然剥落在过去
兴许在未来的某一秒
也会有人转身
再使你颤上几颤
却不会过问你的感受了

珍惜吧
我是出于机缘才蹲下
愿与一片枯黄的叶
一起欣赏地球的自转

2020-4-11

抚摸着那歌儿

怦然之心
永远不会被发现
就和偶然的风
异曲同工

用手在空气里捞一把
除了灰尘残留在掌心
还有一棵生命旺盛的树
也可以是汪洋

不管怎么说
我们抓的
都是会发生的嘛
只是那时候
不会再有生命同我掌心的灰尘
产生共鸣了

2020–4–11

不能拒绝

一帘子拉上的
是真的景
和自己不愿面对的真实

椅子晕头转向地倒在地上
终究还是要被扶起的
它没说什么
但这是必然的

拒绝不了的
只能是扶起椅子吗
不如拉开帘子
让邀请透亮在面庞上
并微笑

2020–4–11

永远的春日

会来的
夏夜的闷热
敌得过一切沁心的冰凉

短暂的树影
不是庇护所
它只是存在
为自己

谁说不是呢
夏天的花
将更鲜艳缤纷
却终究拥有不了
“夏暖花开”

那束花那片花那所有的花
仍旧属于春天

2020-4-12

微 旅

被密封在家中的我
勉强保持着新鲜
却早已停止梦境

口袋一瞬间被打开
我偷偷把思想放出去
它在外边转悠转悠
又生产出新的梦境

听说
密封环境中
梦能更持久

2020-4-20

没有网络的地方

一条小道
划过我的目光
眼睛不信任地眨了眨

寂静着
树林只顾得上整理发冠
这儿
是无线网所覆盖不了的地方
但落花可以覆盖
枯叶可以
石可以
我也同自然
升华到同一高度

2020–4–21

游　湖

四月
阳光不冷不热地俯视大地
一棵树两棵树
都绿得浓郁起来了
浓浓的彼此之间
水光只是过客
却始终无法干涸

我从对岸回到对岸
也分不清哪边是归途
树绿得过分浓郁

听听
波光是静的
声音不过来源于
尘嚣的误会

2020–4–27

明 月

阳台在夜的袖口下静立
袖口泄漏的月光
染金了阳台的影子
和我的鼻尖

若有若无的邀请
融化在思考中
灵动的星星
用脚尖点了点天地之间的云
泛起一阵波纹

把手伸出去
揽住不存在的歌声
孤独只是丢了钥匙的枷锁
那算什么
毕竟光是能透过锁孔的啊

2020-5-7

瓶中色彩

为了桌前的温暖
我们招待阳光
在夜幕时又送走它
第二日再接回来

像个家长那样
全身心地爱着阳光
遗忘了阳光旁的“勿忘我”

对呀，干花是点缀的
为什么不付出时间
同阳光欢笑呢

默默然
没有确切的答案
花仍在那儿待着微笑着

2020–5–7

风扇的思维

直向着一片烦闷
我的眼睛
瞧不清他翻飞的衣袂
呆坐着
也忘了风的呓语
不知何时
我已改变了坐姿
而他
还站着

2020-5-14

叹 息

疲乏幽幽包裹着我
我静默着
一言不发
鸟儿忽地越过我的半梦半醒
猝不及防
我沉沉地叹出一朵乌云
乌云一触到春光
便消失在鸟儿好奇的目光中

2020-5-14

倚在椅上

椅子说话声太大了
没人敢笑着迎接
但干净的椅子
是知心朋友
显然是我更主动
它更愿意不动
悄悄记下我的话

它记下了话
又有什么用呢
我也不会理解
只能倚着椅背
自言自语

2020–5–23

时间本身

磨吧
让刀镌刻风霜
我们只需把镜子击碎
虚幻的梦境
依然会打磨岁月
没什么好得过且过的
活着即认真

2020-5-29

面向星光

对于寡言的星来说
无声地瞟着大地
已是情感的全部

但你仰头去迎接它们时
星会一齐低头微笑
依然安静
情感却像洪水奔腾

只能说
这里少了一首歌

2020–5–31

把你装进阳光

肆意泼洒在操场上的阳光
在和自己创造的树影抗争
我把你推出去
先用你填充这大好时光
我再走出树影
摘取一束新鲜的阳光
为毕业季带来一丝芬芳

2020-6-12

风雨欲来

我在预报的中间
左边是风
右边是雨
就这样被击碎
和雨滴一起
握住生机的手
成长成长
在这个不合适的季节
种一朵合适的莲花
惊艳那池塘里的种子
带着它
在阴沉着的天空下
载歌载舞

2020-6-13

有 言

衣柜和衣柜对面的阳光
悠然散步在空间中
我像是一扇门
自己为自己打开
却无法走出自己的困局
试问
歌声和蛮力
谁更有用？

2020-6-14

距离与秘密

不为人知的东西
在夏天的热情中成长
同百草一样丰茂
这一片片秘密
是外人无法踏足的草地

距离
淡漠
由疯长的绿草隔离

2020-7-5

偶 遇

草影里
是否闪过一抹色彩?

我们之间毫无干系
但云朵定格了夕阳
而你定格了我

我这才停下无尽的脚步
用过去了的时间
为你腾一片空地

这是机遇的空地
能出现在我眼前
只是个美好的意外

2020-7-5

时间之流

漫步这片
无人的净土
风的呼啸
却仍然盖不住耳边的尘嚣记忆
也许
牵手许下诺言
转眼即为永别
没有信物证明
没有一丝余温
时间之流里
这枚小小的钻石
是属于寂寞的港湾

2020–7–16

捎带一片清风

朋友
歇在这茶馆中吧
不论茶认不认识你

陌生人
最为亲切的
莫过于炽热中的清风
干渴中的灌溉

麻烦你
麻烦这样一个陌路人
牵好缘分这条线
下次来
请捎带一片清风

2020-7-21

久　远

已经模糊了啊
沉湎在绿茵地里
不知
它消失否?

完完全全
感知不到它的存在
它像是一块海绵
也挤不出一滴温暖

忘却了
凝固着
永远捡不起了

2020-7-27

一点点

草叶上的露珠
就一点点
极少极少

露珠和我的距离
一点点靠近
谁的失神
让土地吸收了多余的
平静的泪水

阳光只剩一点
在我离开前摇晃着
林里寂静

2020-7-30

结 伴

一起走着
阳光与影子离得很远
但脚步与阳光很近
与影子很近
还有你我的关系
夜里的灯
可以阻隔吗？
我认为不行

在孤寂的空间里
两条线交会了
合并了
成为一条无尽的
直线

2020–8–7

雨，离开了这座城

浅浅的呼吸声
让沉默崩断
下一秒
怒吼的天空声音渐低
转为了不舍的嘶鸣

房间的闷热
窗外的微雨
让人情不自禁地拨开窗户
伸手——
接到的
却只是屋檐滴下的积水

2020-8-13

那个选择

气泡在人与人之间穿梭
孤独与无助
是选择必然的伴侣
阳光洒在手心
是坚决而温暖的
就如同手心即将接触的东西一样

云融进天空
天空没有眼泪
而此刻
做出选择的
是前进
还是后退？

2020-8-13

入　夜

星球在轨道上蹦跳
夜晚就活泼起来
街边的吉他在自娱自乐
而一群影子
告别了窗前疲倦的书卷
牵着手
来这广场上呼吸
月的芳菲

书页翻飞
文字越过纸张
游荡在安静的河畔
大街小巷
虫鸣声驱赶不了的只有喧闹

夜雨
忽地降落

2020-8-18

这一夜

再见了
睡着的小学时光
用濡湿的毛巾
擦去明日的阴云
这一个普通
却又华丽的夜晚
阳光透过地球
照亮我的面庞
如同向日葵一样
我挺起了胸膛
迎接我人生的新起点
也拥抱了无限的希望

2020–8–31

迷 路

在这里
在水波里消失
那是什么啊？

不知道是谁的失误
放了一朵云进来
棉花微笑着
摇摇头
纵身跃向蓝天

云
带着迷路的云
走远了

2020-9-20

无 理

为何高歌？

不能归于寂静
森林啊
求你拉一道彩虹
朴实得只有蓝天的颜色
给鸟儿铺出一条理由
一条低吟的彩巾
缭绕

本应高歌

2020-10-24

数一场天亮

嘀嗒
天才蒙蒙亮
一个人
一群人
在月亮沉睡前起床
一抹微亮
不属于地下之城
但你把洞穴的梦吹散
会看到
每一个泡泡
都泛着七彩的光

2020-10-24

紧　闭

她的钥匙
落在了谁的羽毛中
那个午后，大家宁愿沉默

门开不了
没有椅子能承载困倦
羽毛迷失了，至今未归

大家忘了沉默
羽毛仍在打转
她的钥匙为门的另一端发光发热

紧紧束缚的沉默
不属于哪一边
只是沉默

2020–10–24

忽 然

也许缘分
大多起于不存在的幻想
止于旭日东升的未来

不！缘分本无止境
就如地球和你一般现实
我们站在这里
能感受得到彼此

是花是草是阳光雨露
什么都不缺了
就像一场旅行
缺的是一个温暖

永远不要哭泣
把酸涩留给昨天的柠檬茶

2020-11-7

静　谧

如离开尘嚣
如丧失重力的叶片
该多好
像宇宙
那无止境地活跃着
不发出一点声音
却又受人关注
而灵动又飘忽不定的落花
只绚烂在一瞬间
搁下脑中的沉重
抚摸呼吸的温度
只一秒
便置身无限中

2020-12-6

飒 飒

放弃了无谓的凋零
傲然之梅，也不得不自怨自艾
想起虚幻的泡影
是精灵的凯歌?
还是森林的沉默?
嘶喊出最激烈的声音
却无人聆听
孤独着，被禁锢分裂的倒影
朝阳也褪色
在这无限的困惑中
也许有一天
花能开得更灿烂
花瓣能与枝叶齐平
而不是仰视一辈子的愿望
只有振翅
即便枝残叶疏，一簇火苗
也足以助你重生

2020-12-23

2021 年度诗选

呼　唤

彼此
是纠缠的古藤
是难言的记忆
在匆忙流转的人群中
一瞬
时间就被掩埋在沙土深处
万年后
挖掘出璀璨的
明珠

2021-1-17

破　土

不知为何物
悸动着
埋藏在沉默的黑暗中
它是没有生命的
却喘息着
同这世界争夺最后一丝坚定
“是该好好休息了哟”
一阵如电流般的话语激起了它

终究
阳光还是洒在大地上

2021–1–22

去年的湖

1

往事，纷杂凌乱

望不见时光的间隙

像凋零的生命般

波澜不惊

2

波纹停滞，忘记的许多

从未抚摸过我

心头一丝喜悦

飘摇在晴空万里

3

透明着，逐渐干涸着

春雨将带来新的生命

你却融入白云

你是新的生命

2021–2–6

伸　手

期待着一场相遇
在烂漫世间触及心灵
迫切
想要明白镜中的坚毅
却一次次流下泪水

鲜红的道路
从来不只有轻松
你要的顶峰
是超越信仰的力量
引领着一个跌倒的孩子
给自己处理伤口

2021-2-6

不做梦的人

行走在这里
已经很久了
盼望着一缕阳光
扑面

从未有过
那种轻盈梦幻
只因
我早已沉沦

那片火焰
熄灭了
花朵刹那绽放
伴随着东方
那渴求已久的
于我而言甜蜜的
利刃

2021-2-18

睁　眼

对于这个忙碌的城市来说
油墨映射的光
必须用频繁的眨眼来掩盖
有些不得不忆起的旋律
在叹气的时光中离去
在星星和月亮都还朦胧的年代
我睁开眼
看着这个璀璨的世界

2021–2–28

青春是什么

要知道
青春是什么
理应是个久远的话题
悸动的不安
恼人的晕眩
以及那浮夸的掩饰
占的仅是三分之一

阳光转身
留下夜的疑问
同所有人一起思考了半个世纪
巧合
又或是缘定
谁都沉默着
没有一个猜测

2021–2–28

遥　望

远方
是雁群
束缚住的心绪
纷乱而炽热
梦里
无数片枫叶的呢喃
让视线倏然明晰
一惊
为之震惊的结果
是止不住的颤抖
以及合上的双眼
太阳落下了

2021–3–12

瓶　子

溢满了泪水啊
沉默在海洋中
转身
不留一丝回访的讯息
曾经的约定
无情地被秋天打破
碎裂一地
用奔涌于骨髓中的悲鸣
唤醒你最后的微笑
会的
温暖从未离开
瓶子的碎片
沉没时折射的光
必将映出你眼中的彩虹

2021-3-12

沦

1

波纹皱起
丝丝悔恨落入大洋
沙砾在风雨欲来中飘荡
释放了本能
抑不住心中的怒吼
银光闪现
汹涌在天地间

2

孤独
时间沉寂
仰望着千百年前的星空
品味着茶杯里
早已离去的自己

模糊了记忆
放下了纠葛
茶之苦涩
心之冰冷

3

沉重的担子
就负在身后
多么悲情的语言

沙尘飞扬
依稀能感受到阳光的暖意
止不住狂奔的脚步
伸手捧住那尘封已久的希冀

指尖的灿烂
必会描绘一片新的星空

2021-4-30

渴 盼

在无数饥渴的目光中
你逃避
你沉沦在雨滴中
心中沉重
却仍然笑着
只为告诉别人
无论怎样都好
只要这样努力过
在声声不甘中
总会有一盏灯为你点燃

2021-6-29

于暗而言

对于夜晚
渐暗的星光，是最好的解脱
对于人们
渐涌的热情，是最好的伪装
对于自然
渐凉的清芬，是最好的安慰
就溺于浅滩之中
永不醒来

但是等等
星空仍未坠落
你却先一步
来不及后悔

2021-7-11

道 路

土石堆砌
在水泥中压紧
严实抑制的理性
在狂热中燃烧
我沉默了
这望不到边的清风里
竟夹杂着旧日的倦意

雨滴声声
被践踏的命运
在芬芳泥土中孕育
破土

没有风向标
那里只是一抹火炬
在守候

2021-7-27

遗失的那支笔

清凉而刺鼻的气味
一次次苦啼着
不停歇地拥抱眼泪与悲痛
夏日的阳光
牵着那个年轻的女孩
步入了她的南柯一梦
水墨晕染着脚尖
她坐在自己的世界中
一抬手
便是无尽春天

迟早会醒的啊
那阴云笼罩的星球
在谁的茫然张望下
笑着拉开了黑色的面纱
那个春天
随着墨影去了

2021-8-9

楼

看见了
已经彻底拆掉了
回忆起来
那虚幻的楼上的台阶
都是那么可爱
纵使铺满灰尘
纵使曾经怨恨
它倒了
心中的支撑也断裂了

从未相信
它是那么重要
藕断丝连
如蛛网般的凄凉
紧攀心脏

2021-8-22

末　了

我走过那条路
但是肯定忘了
路的尽头蜿蜒模糊
一直前行到脱离现实的虚无

走不完的
哪怕羽毛散落
哪怕声嘶力竭
我只能期盼那个不存在的终点
颤抖着前行

2021-8-24

请不要选择

默然吧
在这份无法控制的晕眩中
我无须去感谢谁
只想看见那餐桌上的烛火
无法接触的温暖
燃了一片花田

不敢放下眷念
一往无前地亲近孤独
我什么都不知道
只呆滞地看向路标

2021–8–24

新开始

变数
于世间邪笑徘徊
都没错
只是命运笑着
将手摁在按钮上

炸裂
诞生
明日的阳光
虽微弱
却溢满温暖

2021-8-30

又见到了呢

将一袋阳光
装入了乌云
我的世界
从此埋下了许多歌词
篇章断续
心中却仿若千鹤在齐飞

也许
再度与你相见之日
正如当年的“我言秋日胜春朝”
在红叶纷飞中
缠住交于指尖的轮回
跨越
相会

2021-10-30

何以散忧

旋转着
以全身之力
迷茫地重复
寒冷的风同雨一起
夹杂着太多坚冰
刺骨的疼痛
使你仰起头嘶吼
没有什么对与错
世间炎热的镣铐束缚了你
熔化了你

婆娑的泪眼
凝固在尘封的记忆里
这条铺满碎雪的路
终究只剩一人

可是——
可是阳光总会遣散层云
风也不再咆哮
而是笑着盘旋着
柔柔为你洗礼
歌声又在城邦间响起
这个世界
不止你一个人在披荆斩棘

女孩大了
也还是女孩
一如既往的骄傲
和久违的微笑
定格在风起之瞬

2021–11–28

某时，她醒了

平凡的眼睛
神情千篇一律
心脏毫无波澜地跃动
灰色的画布动作各异
颜料泼洒
也点不醒麻木的面庞
作者早已离去
没有谁再管她们的命运
没有谁想改变她们的命运
拜托，那画布的一角不可能被撕开
它像锁——
但锁开了，五彩斑斓
奔涌不息
各个地方的乐符试图飞离
却终究一一破碎
生命喷涌而出
从那个已不再绝望的世界里

2021-11-28